Suhrkamp Theater

Ob es eine gute Idee ist, von Deutschland aus in dieses Schweizer Dorf auszuwandern? Nach dem Unfalltod der Mutter ziehen ein überforderter Vater mit der Tochter im Säuglingsalter und ihrer beherzten Urgroßmutter in den Heimatort der Toten, richten sich, argwöhnisch beäugt von der Dorfgemeinschaft, in ihrem neuen Leben ein. Hier haben selbst die Häuser Augen, hier wird das Leben der Menschen durch jahrhundertealte Rituale zusammengehalten und Fremde sollen erst einmal Schweizerdeutsch lernen.
Mit groteskem Humor, scharf gezeichneten Figuren, mitreißender Bildkraft und seinem eigenwilligen Erzählsound lässt Wolfram Höll eine magische Kulisse auferstehen, schildert die Geschichte der Überwindung von Trauer, erzählt von Integration und Ankommen in einer Welt, die von Überalterung und Klimawandel gezeichnet ist.

Niederwald
Wolfram Höll

Suhrkamp Theater

Erste Auflage 2024
Deutsche Erstausgabe
Niederwald © 2022 Suhrkamp Verlag AG, Berlin
Uraufführung 16.12.2023, Schauspiel Leipzig, Regie: Elsa-Sophie Jach
Alle Rechte vorbehalten, insbesondere das der Aufführung durch
professionelle Bühnen und Amateurtheater, des öffentlichen Vortrags,
der Verfilmung und Übertragung durch Rundfunk und Fernsehen,
auch einzelner Abschnitte. Wir behalten uns auch eine Nutzung des Werks
für Text und Data Mining im Sinne von § 44 b UrhG vor.
Rechteanfragen sind an den Suhrkamp Verlag zu richten:
theater@suhrkamp.de
Umschlaggestaltung und Satz: studio hanli, Berlin
Umschlagfotos: Max Zerrahn
Bilder: Andrea Heller
Druck: C. H. Beck, Nördlingen
Printed in Germany
ISBN 978-3-518-43181-8

www.suhrkamp.de

Niederwald

Tochter   Vater   Uroma   Anna   Alice

1
Nur ein Brautraub
das ist Brauch
und die Cousins
sind auch der
Braut im Auto nachgebraust
über die Landstraßen
rasen sie überdrehen
sie übertreiben sie treiben
sich an treiben voran sich
voreinander her
überschätzen sich
verschätzen sich
überschlagen falsch
überschlagen richtig
überschlagen dann richtig
überschlagen sich

der Brautraub
endet im Baum
das Auto
geht in Flammen auf
und in ihm die Braut

2

        Als er aus dem
        Auto aussteigt
        vor dem andern
        Auto steht
        das in Flammen
        aufgeht in den
        Flammen auf geht
        sich öffnet
        auf geht
        weil es weich wird
        zum Himmel hin
        öffnet
        und
        sie entweichen
        lässt

        Da ist es
        nicht laut
        da ist es taub
        Staub
        schneit es
        nein Asche ist es
        Asche die ihn
        wie feine Kiesel
        trifft

Und sich
auf das Feuer legt
sie stillt es
erstickt es
dann

| Tochter | Vater | Uroma | Anna | Alice |

3

    Weil alle schon
    beisammen waren
    weil nun alle schon
    mal beisammen waren
    sollte sie
    beerdigt werden
    schon am nächsten Tag
    dem Hochzeitstag
    das geht so schnell
    der Pfarrer
    ist so spontan
    für den Leichenschmaus
    gab's den gleichen Schmaus
    die Band war da
    nur die Girlanden und
    Banden hat man
    runtergenommen
    in der
    Hochzeitsfarbe Lila

Als Letzter ist
Papa gefahren
mit Uroma
also seiner Oma
und mir
als wir zum
Friedhof kamen
standen sie schon
da
die Männer in
schwarzen Anzügen

Tochter	Vater	Uroma	Anna	Alice

mit lila Krawatten
die Frauen ganz in
lila
Kleidern
und schauen uns an

Da hat er
links geblinkt
da ist er links
abgebogen
einfach davon-
gefahren

                        Wir lassen sie
                        einfach stehen
                        die Leute bleiben
                        mit ihrem Beileid
                        stehen
                        und können
                        nirgendwohin
                        damit

Er hat sie
eingeschlossen
auf dem Friedhof
eingeschlossen
und den Schlüssel
in hohem Bogen
über die Friedhofshecke
in ihr Grab
geworfen

4

                    Und wir sind
                    gefahren
                    fahren
                    fahrn auf
                    Autobahn um
                    Autobahn
                    stundenlang
                    er rast nicht doch
                    er hält nicht
                    rastlos fährt er
                    auf A3 A8 A9
                    und A7
                    immer nach Süden

In den Rhein hinein
den Rhein hinauf
dann heraus kurz
vor Basel heraus aus
dem Rhein springen
wie es der
Lachs macht

                    fahren durch
                    Unterland Mittel-
                    und Oberland
                    bis wir
                    vor einem Berg
                    stehen

                    dem Lötschberg
                    stehen:
                    Autoverlad

Wir fahren den

| Tochter | Vater | Uroma | Anna | Alice |

Wagen auf den
Wagen auf den
Zug
den Zug der uns
durch den Berg
zieht durch den
Tunnel zieht der den
Berg durchzieht
der Zug der wie
ein Zucken den
Berg durchzieht
wie ein Zucken
den Berg durchzieht
wie ein Zucken
was Papa
nicht mitkriegt
denn Papa schläft

                      zum ersten Mal
                      seit zwei Tagen
                      schläft er

als der Zug uns
durchzieht

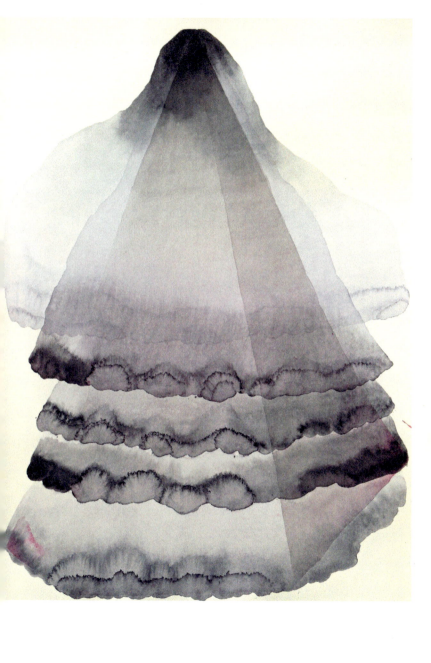

5

        Und dann
        sind wir da
        die Bahn
        teilt das Tal
        unterhalb
        nur der Fluss
        dann Schluss
        oberhalb
        das Dorf

Niederwald
Warum heißt es
Niederwald

        Vielleicht weil
        es schmiegt sich an
        den Hang an
        duckt sich dückt
        sich schützt sich
        unterm Wald
        denn links und rechts
        vom Wald
        ist der Hang kahl
        weil Lawinen da
        ihren Weg sich bahnen.

6
Und die Häuser
stehen auf
Beinen
vier Beinen
auf Steinen
Steinscheiben die
die Beine teilen
in der Mitte in
Unter- und Ober-
beine teilen
Steinscheiben die
zwischen Unter- und
Oberbeinen liegen

                      damit die
                      Mäuse nicht
                      in die Häuser
                      kriechen

und die Häuser
haben Augen:

7

                Was ist das
                was ist das
                für Pack
                mitten in der Nacht
                parkiert das hier
                        hier was hier
                na hier
                        bei dir
                nein
                        hier bei mir
                nein da unten vorm Haus
                unter den Gleisen
                        was
                        was siehst du was
                        gib das Fernglas
                da steigt
                aus dem Auto aus
                eine Gestalt
                        eine Gestalt
                geht rum macht
                die zweite Türe auf
                eine zweite Gestalt
                die erste gibt der
                zweiten halt
                        die zweite ist halt
                        eine alte Gestalt
                die erste
                packt das Auto aus
                packt aus
                        was
                was

| Tochter | Vater | Uroma | Anna | Alice |

                                      was packt sie aus
was
ist das
ein Bündel
            ein Bündel
ein Findel
            ein Findel ein
            Windel ein Kind
ein Kind
und gibt es
der alten Gestalten
zum Halten
            sonst packt sie
            nichts aus
nichts
jetzt geht sie
gehen sie zum Haus
            sonst haben die nichts
und schließt
das Haus auf
            woher haben die den Schlüssel

8
Und die Häuser
haben Augen
sie schauen
uns an
schaut man zurück
sind die Augen weg

9

        Was soll denn
        so ein Mann
                so ein Mann
        machen
        mit so einem
        Kind
                so ganz allein
        so ganz allein
        was soll denn so
                ein Mann
        so ganz allein
                mit einem Kind
        machen
        der kann das
                doch nicht
        der weiß nicht
                wie was machen
                so ganz allein
        so ganz allein mit
        einem Kind

        Und die Alte
                ja die Alte
        die ist auch
        keine Hilfe
        der muss man
        selber helfen
                Hilfe
                helft mir
                ich bin eine
                Alte eine

Tochter	Vater	Uroma	Anna	Alice

                        alte Alte
der man die
Hand halten
muss
            der man das
            Essen voressen
            muss
Ich ess nur
Apfelmus
            ich weiß
            alles andere
            wäre mein Tod
und Weißbrot
            weiches
Weißbrot
            ohne Rand
gib mir
die Hand
            dass ich mich
            nicht
so allein
fühle.

Wie soll denn
ein Mann
so etwas machen
wie soll er das
so ganz allein
so ganz
alleine.

10
Wenn wir auf der
Straßen laufen auf der
Straße unterhalb vom
Dorf laufen das Dorf
im Augenwinkel halten
kann ich sehen
wie die Häuser schauen
uns nachschauen
wie Hausaugen
mir folgen
wandern
vom rechten Hausaugen-
winkel über unten
in den linken Winkel
dann drehe ich mich um
und
alle Augen sind zu.

11

    Da ist
    die Alte
        die Alte
    Alter
    ist die alt
        die ist alt wie
        die Welt
    alt wie das
    All
        das ist aber
        eine Weltallalte
    Alter
    wie die läuft
        wie die schaut
    was zieht die
    für ein Gesicht
        für nen Lätsch
    das ist eine
    die immer wider-
    spricht
        immer was
        zu mäkeln
    nörgeln
        nölen hat
    die immer wieder
    widerspricht
        das ist aber eine
    Laberalte
        eine Aberalte
        das ist aber eine
        Ja-aber-Alte

Tochter	Vater	Uroma	Anna	Alice

                        Ja-aber-Alte ja
Ja aber ich halte
das nicht für eine
Ja aber ich finde nicht
Ja aber ich denke nicht
glaube nicht
Ja aber ich nicht
ich nicht
Ja aber ich
Ja aber ich
aber ich
aber ich
ich
ich
ich
–
Was ist
              Die Alte
Ja
was die Alte
              sie schaut zu uns
Was?

Und?
              sie
              winkt
Sie winkt?
              sie winkt uns zu

Und nun

              wir winken

Tochter	Vater	Uroma	Anna	Alice

                                        zurück
                                wir winken zurück?

                                Wir winken zurück.

12
Das Dorf ist leer
niemand zeigt sich
die Fensterläden dicht
während wir
durch die Gassen laufen
niemanden finden
Wo sind sie
alle
Stille
nur das Geschnaufe
von Uroma
ich rufe
sie lacht

                    Kind
                    so macht man das nicht
                    wenn du sie finden willst
                    hilft Schreien nichts
                    hervorlocken musst du sie
                    Schau dich um

die Sonne steht
senkrecht überm Dorf
Schatten gibt es nicht
kein Dunkel wo man sich verkriecht
die Luft flirrt
eine Motte irrt umher

                    Setzen wir dich auf die Bank
                    vor der Wand vor dem Haus

das Haus ist schwarzweiß
unten weiß die Wand
verputzter Sand
oben schwarz

| Tochter | Vater | Uroma | Anna | Alice |

                  die Sonne war's
                  hat das Lärchenholz gebrannt
Und jetzt
                  Jetzt nehme ich
                  Holz von der Beige hier
                  meine Scheite reichen nicht
                  meine Beige neigt sich
                  dem Ende zu
Aber-
                  Ach was niemand schaut zu die
                  merken das nicht merken nichts mehr
Sie fasst ein Holzscheit an
fast an
fast fasst sie an
auf einmal beginnt es zu flattern
links und rechts von mir
auf der Bank
die eben noch blank war
die eben noch leer war
zwei Wesen schälen sich
aus dem Hintergrund heraus aus
dem Haus
Motten
                  Menschen
ein Rock weiß
wie die Wand
ein Hemd ganz schwarz
wie das Holz
Gesicht und Hand
gebrannt
                  die Sonne war's
flattern auf Uroma zu

| Tochter | Vater | Uroma | Anna | Alice |

ihre schwarzen Hemden sind Flügel
                              Fass
                                      das
                              nicht
                                      an
schnarren sie
flattern und fliegen um
sie herum
und Uroma
die
lacht

                        Natürlich nicht
sagt sie
                        Ich wollt euch nur
                        hervorlocken
und die Motten
beruhigen sich
schlagen nicht mehr
mit den schwarzen Hemden
der weiße Rock
legt sich
                        Jutta
sagt Uroma
                        freut mich
und zeigt auf sich
die Frauen schauen
schauen sie an
und an
und an
und dann:

Tochter   Vater   Uroma   Anna   Alice

                                    Alice
                                               Anna

sagen sie
doch zeigen nicht auf sich
sondern auf die jeweils andere

                            Also Anna bin ich
                                        und Alice ich

und dann
zeigen die Frauen auf
mich
                        Katharinas Tochter
die Röcke zucken kurz
                              Vo Käthi? Vo Käthi!
fragen sie
              Ja

die Frauen schaudern
die Hemden flattern heben ab
die Motten fliegen zum Rotten hinab.

13

        Und dann
        beginnt er
        Holz zu Hacken
        er hackt Holz
        hackt Holz
Man kann kaum
hinsehen
wie er Holz hackt
        Er hat das
        vorher noch nie
        gemacht
wie er Holz hackt
mit viel zu viel Kraft
        er hebt das Beil
        hoch über den Kopf
es droht über dem Kopf
doch anstatt
es einfach herab-
schwingen zu lassen
fallen zu lassen
haut er es
herunter
das Holz verfehlt
er ganz
        am Bock
        rutscht er ab
sein Bein nur
knapp

Tochter	Vater	Uroma	Anna	Alice	

14

                                    Wir haben
                                    deiner Tochter
                                    einen Baum ge-
                                    pflanzt
      Was? Wer seid-

                                    Ah du hast Angst
                                    schon verstanden
                                              keine Angst
                                              wir sind die Urgroßtanten

      Wer seid ihr-

                                    Wir haben deiner Tochter
                                    einen Baum gepflanzt
                                            auf der
                                            Plazenta
                                    an diesem Platz
                                           schön, oder

      Auf der was-
      wo- wie habt ihr
      sie her

                                    nicht schwer
                                          wir werden
                                          auch ihre Gebär-
                                  Heb de Latz!
      Was-

                                  grad an diesem Platz
                                          grad unterm Haus
                                  schaut ins Tal hinaus
                                          schön, oder

      Aber-

                                  Arve
                                  eine Arve

Tochter	Vater	Uroma	Anna	Alice

                                                       oder auch
                                                                      Zirbelkiefer
                                                                       der Stamm aus lauter
                                                                       Wirbeln

          Wirbel-

                                                                       im Holz
                                                                       zwirbeln
                                                                       sich hoch
                                                                       bis zum Kiefer
                                          schön
                                          oder

15

                Im Winter
                ein Kind er
                trägt es
                erträgt es
                nicht nicht
        schreien nicht
        schreien
                sagt er ihm
                nicht
                er sagt es
                zu sich
                im Winter
                ein Kind er
                (wiederholen)

draußen schneit es
drinnen heizt es
er heizt er
verheizt Holzscheit
um Holzscheit ver-
heizt er erhitzt
das Zimmer
immer heißer
immer heißer brühend
die Hitze im Zimmer brühend
bis die Hitze brüllt
und schreit
sie brüllt und schreit

doch aus ihm
kommt kein Ton
heraus.

Tochter	Vater	Uroma	Anna	Alice

16

				Sie schreit
				Sie schreit
				Sie schreit
		Er weiß		
				sie schreit
		er weiß		
				sie schreit
		er weiß nicht was machen		
				sie schreit
		Trinken will sie nicht Essen will sie nicht		
				sie schreit
Ich		er will sie		
				sie schreit
kann		schütteln		
				sie schreit
das		er will sie		
				sie schreit
Ich kann das		rütteln		

                er will sie
                schütteln will sie rütteln

Ich kann das
                er will

ich kann das
nicht

sagt er sich

                er
                schüttelt sie
                rüttelt sie
                nicht
        Ich
        kann das nicht

                                  Sie schreit
                                  sie schreit
                                  sie schreit
                er weiß nicht was machen
                                  sie schreit

Er kreist
                                  sie schreit

er kreist
                er weiß
um mich

                nicht was machen
                                  sie schreit

Tochter	Vater	Uroma	Anna	Alice

ihm wird
      er weiß
heiß so
      nicht was machen
heiß
                            sie schreit
so heiß
      er weiß
                           sie schreit
      weiß
so heiß
      er weiß es
      plötzlich
      packt er sie
plötzlich nimmt
er mich hoch
                          sie schreit
      hält sie vor dem Bauch
      trägt sie vor dem Bauch
auf Bauch
      geht raus
      raus aus dem Haus
                          sie schreit
      geht runter
      trägt sie runter
zum Fluss
                          sie schreit
      unten am Fluss
der brüllt
      und tost
                        und rauscht
      da hält er sie hoch

Tochter	Vater	Uroma	Anna	Alice
da hält er mich hoch				
	da schaut er sie an			
er schaut mich an				
			sie schreit	
			sie schreit über dem Fluss	
er schaut mich an				
				sie schreit über dem Fluss
und dann				
	und dann			
legt				
	er sie ab legt er sie ab			
ins Gras				
	mit Abstand zum Fluss			
der brüllt				
	und tost			
			und rauscht	
	und gluckst			
			er brüllt	
und blubbert				
			er brüllt auch	

Tochter	Vater	Uroma	Anna	Alice
wie im				
				er brüllt auch
wie im				
Bauch				
				er brüllt auch
wie in				
Mamas Bauch				
gluckst				
			und tost	
und blubbert es				
wie in Mamas Bauch				
				er brüllt aber
				man hört ihn nicht
		er öffnet den Mund		
				brüllt er
		oder spricht er		
				man hört es
				nicht
ich hör nichts				
		als wär er		
				unter
Wasser				
		als wär er		
				ein-
getaucht				
				wie
		im		
Bauch				
		im Rausch		
				im Rauschen
		und Tosen und Glucksen		

Tochter	Vater	Uroma	Anna	Alice

im Bauch				
				im Fluss
		brüllt er		
				es hinaus
				es hinaus
ich schau ihn an				
		sie schaut ihn an		
				er merkt nicht
		er merkt nicht		er merkt nicht
er merkt nicht		er merkt nicht		er merkt nicht
dass ich				
				dass sie
nicht mehr			nicht mehr	
schrei				
		er merkt nicht dass sie nicht mehr schreit		

17

Schaut man vom Haus aus
nachts
im Winter
ist der Himmel schwarz
das Tal liegt da
zwischen zwei Hängen
voll Schnee verhangen
zwei Beine
weiße Beine
mit Adern feinen
Adern da
wo der Wald von
Wasserfall um
Wasserfall
durchzogen ist
der jetzt gefroren ist
erstarrten Adern
Eisadern
die im Dunkeln blau
funkeln
bläulich
auf
zwei weiß
gespreizten
Beinen

zwischen den Beinen
ist der Himmel
schwarz

18
Dann kommt
eine Motte
angetrottet
zu unserem Haus
er macht auf

                                                                      Heute wird
                                                                       das Feld
                                                                       bestellt

                     Welches Feld

                                                                           Deins

                     Ich hab keins-

                                                                          Es war dem
                                                                          Käthi seins
                                                                          nun
                                                                          ist's deins

und zeigt
auf den Hang am Berg
rechts vom Dorf
                     ich will nicht-

                                                                          Alle bestellen heut
                                                                          ihre Felder

                     Ich will ihr Feld nicht
sagt er
sie seufzt

                                                                          Sei kein Trottel

sagt die Motte
und trottet
davon

Ich schau den
Hang an

| Tochter | Vater | Uroma | Anna | Alice |

ein Teppich
ein Flickenteppich

    (Wenn jemand stirbt
    wird sein Land aufgeteilt
    unter allen Kindern
    immer wieder
    aufgeteilt
    und die Teile
    werden immer kleiner
    immer kleiner
    immer immer kleiner)

ein Teppich aus Flicken ich
lauf mit ihm hinauf
vorbei am Bahnhof und Dorf
bis die Felder-

    die Matten

die Matten anfangen
er stapft durch den Matsch
    So ein Quatsch
grummelt er
    Ich find
    es einfach nicht
murmelt er
und Uroma
unten vom Haus aus
schaut zum Hang hinauf
        Ach
        Schach
        ein Schachbrett
        mit braunen
        und grauen Feldern
        verwelktes Gelb

| Tochter | Vater | Uroma | Anna | Alice |

---

                    verdörrtes Grün
er irrt umher
kreuz
und quer

                    kreuz und quer
                    ein wirrer
                    Läufer

ich schau mich
auf dem Hang um
auf einmal sind da
Männer und Frauen
überall

                    Bauern
                    lauter Bauern

bestellen die
Felder
eins nach dem
anderen
und

                    ziehen Feld um
                    Feld voran
                    auf sie zu

auf uns zu

                    auf ihn zu

auf ihn zu

                    bekommt er Angst

ihm wird bang
er
fängt an
umher zu springen

                    wie ein Pferd zu fliehen

Sprung um Sprung

Tochter   Vater   Uroma   Anna   Alice   45

---

immer eine andere Richtung
doch die Bauern
                lauern überall
                ziehen
Sprung um
                Feld um Feld
Sprung
                in seine Richtung
                kreisen
                ihn ein
kreisen uns ein
näher
immer näher
                der Kreis
                wird kleiner
immer näher
                immer kleiner
und näher
                und kleiner
und näher er
hört plötzlich auf
zu springen
                sie kreisen
steht ganz still
                ihn ein
ganz stumm
                stehen nun
wie aus Stein
                um ihn herum
ein Turm

                sie stehen

| Tochter | Vater | Uroma | Anna | Alice |

                            auf den Matten
er steht
matt
                            und warten

ich schaue um
mich herum
lauter Bauern
doch keiner bewegt sich
                            kein Zug
                            keiner zieht
                            keiner
nichts geschieht
                            nichts geschieht

                            doch
sieht sie etwas
                            doch da
                            da von unten
                            trottet eine Motte
                            hinauf
                            zu ihnen hinauf
                            zu ihnen hinan
                            doch kommt sie zu ihnen heran?
                            durch die Bauern hindurch
                            Alle Felder sind besetzt
                            nein das schafft sie nicht
                            so eine Alte
                                          Alte
                                          ich?
                                          Ich
                                          bin eine Dame

	Tochter	Vater	Uroma	Anna	Alice

    nein jetzt
    bahnt sie sich
    einen Weg
    eine Schneise die
    Bauern weichen
    sie zieht zu ihm hin
    mitten drin im Kreis

Plötzlich ist die Dame da
steht da
vor ihm
vorm Turm
berührt ihn
am Arm
und er
löst die Umklam-
merung um
sich selbst herum
   Was wollen die
schreit er
   Was wollen die von mir

       Schau dich um
sagt sie
       Alle Felder
       sind bestellt
  Und?
       Nur eins
       fehlt
       deins
  Aber ich weiß ja
  nicht mal
  wo es ist

| Tochter | Vater | Uroma | Anna | Alice | 48 |

			Du bist schon da		
			du stehst drauf		
	Was?				
und er macht					
einen Zug zurück					
			da ist		
		ein Flecken			
ein Flicken					
			ein Feld		
			nicht bestellt		
keinen Meter breit					
zwei Meter lang					
das Gras hoch					
bis zu meiner Wange					
und am oberen Ende					
liegt ein Stein					
wie ein					
verwildertes Grab-					
	Nein				
sagt er					
	nein				
und läuft					
den Hang					
hinab		den Hang			
		hinab.			

Du bist schon da
du stehst drauf

        Was?
und er macht
einen Zug zurück

                    da ist
            ein Flecken
ein Flicken

            ein Feld
            nicht bestellt

keinen Meter breit
zwei Meter lang
das Gras hoch
bis zu meiner Wange
und am oberen Ende
liegt ein Stein
wie ein
verwildertes Grab-
            Nein
sagt er
        nein

und läuft
den Hang
hinab   den Hang
             hinab.

19
Aletsch

Gletscher

Wandern

Aletsch-Gletscher
Wandern
Niederwald
Bellwald
      Wandern wir
wandern zum
      Aletsch
weg von Niederwald
den Höhenweg
hoch nach
Bellwald
durch hellen Wald
wandern wir
zum Aletsch
wandern wir
und höher noch
hoch
in Felsen
über dem Gletscher stehen
wir
der Tag ist
heiß
so heiß
die Sonne brennt
in unserem Rücken

Tochter   Vater   Uroma   Anna   Alice

der Schweiß rinnt
unsere Nacken hinab
doch den Bauch
kühlen wir uns ab
      Eis
so viel Eis
die Kälte bläst mir
ins Gesicht
wie vor dem Eisschrank
ich hab das Eis
schon in der Hand
halte noch inne weil
die Kälte drinnen zu mir kommt
hinten schwitze vorne zittre ich
bis Papa ruft
      Die ganze Kälte
      geht verloren

murmelt er
      die ganze Kälte geht verloren

Jahr für Jahr
wandern wir
zum Aletsch-Gletscher
heiß ist es immer
doch das Eis

jedes Jahr
ist ein wenig
weniger da
jedes Jahr
ein wenig weniger

Tochter	Vater	Uroma	Anna	Alice	

20

        Schau da
        die Alte
                die Jammeralte
        Ja die Ja-
                Aber-
        Alte
        steht vors Haus
                schaut dumm drein
        kommt nicht draus
                das müesch erkleere
        was das
                »schi chunnt nid drüs«
                das verschteent di Lit nit
        meinsch schi chomme nid drüs
                ja äbe
        also güet: sie versteht nichts
                geh wieder rein
        weiß nichts
        mit sich
        anzufangen
                weiß nicht wo
                anfangen
        Schaffen
                Arbeiten heißt das
        Ja-aa Schaffen
        das wär doch was
                das kennt die nicht
        das schafft die nicht
                Schau jetzt
                bewegt sie sich doch
                sie geht hoch

Tochter	Vater	Uroma	Anna	Alice

                         kommt hoch
                         ins Dorf
            Was will die da
                         »Ich will Freunde finden«
            haha
            das schafft
            die
            nicht
            die kann ja nicht
            mal richtig reden
                         richtig sprechen
            schon das einfachste Wort
                         das wichtigste Wort
                         das über allem
                         steht
            das am Anfang
            von allem steht

            ohne das
            kein Gespräch
            losgeht:
                         kein Gespräch
                         entsteht:

Grüezi?

            NEI   NEI
            GÜETEN
                         AABÄD
            heißt das
                  hier
            und nicht erst ab vier
                         ab Mittag

Tochter	Vater	Uroma	Anna	Alice
			Selbst wenn	
Grüezi				
			die Alte würde	
			Krüttsi sagen	
				oder
				Grühddsi
			Grü-eeh-zli	
				»Entschuldigen Sie
				ich habe Mü-he
				mit dem ü-e«
			»Und mit dem r	
			das Rollen ist so	
			schwer«	
				»Aber das macht
				ja nichts«
			Das macht alles du	
			Warzgesicht	
			haha	
			ha	
			ha-	
				Wart
				beweg dich nicht
				dreh dich nicht
				um
			Was	
				sie kommt grad
				um die Ecke rum
			was	
				auf uns zu
				sie kommt zu uns
Die beiden				

Tochter   Vater   Uroma   Anna   Alice

Motten hocken
auf der Bank
vor der weißen Wand vor
dem Haus
jetzt steht Uroma
vor ihnen

                                      Was
                                      will di
                                      va iisch
                                                      schi will
                                                      en Plazz
                                                      fer schich
                                      uf miiner
                                                      uf miiner
                                      uf inscher Bank

                                                      nid mit mier
                                      nid mit mier
                                                    nid mit ira
                                    genau nid mit ira
                                    NID MIT INSCH NID MIT INSCH

sie geifern
ereifern sich
doch Uroma versteht nicht
sie plüstern ganz
lüstern die Nüstern
plustern sich blasen
sich auf bauschen sich auf
ihre weißen Röcke
blasen sie auf
jeder Rock ein Ballon
groß und weit

Tochter	Vater	Uroma	Anna	Alice

gleich ist es Zeit
abzuheben
hoch
zu steigen
Platz zu machen
ihr einen Platz
abzugeben
auf der Holzbank

                                                    WAS   WAS

                                                    WIE   WIE
                                                    BITTE BITTE
                                Ich grüße Euch

Und plötzlich
ist die Luft raus
der Rock sackt
in sich zusammen
die Motte auch

                              Ist da
                              noch frei?

                                                  äh   äh

                                                  äh   äh

                                                  äh   äh
nein sagen sie nicht
sie sagen nicht nein

                                                                und sie
                                               sie setzt sich
                                             einfach

Tochter	Vater	Uroma	Anna	Alice
		zwischen		
				dich
		und		
			mich	

Tochter	Vater	Uroma	Anna	Alice

21

Tochter	Vater	Uroma	Anna	Alice
	Warum heißt es eigentlich Niederwald			
				Will obena isch Oberwald
	Oben wie oben am andern Ende vom Tal			
				Ja obena isch Oberwald
		un unena isch Niederwald		
				und ooni Niederwald
			keis Oberwald	
				oder
			oder	
	Aha			
	Und warum heißt's dann nicht Unterwald			
			Gang	
				hei.

22
Auch die Alten
wandern
Richtung Aletsch Richtung
Bellwald weg
von Niederwald
mit großen
Weidekörben
auf den Rücken

                                      Tschiffere
                                                      das heißt
                                      Tschiffere

sie wandern nicht
sie sammeln

                                      äbe
                                                äbe

Im Herbst
verschwinden sie
im dunklen Wald
suchen Pfifferlinge

                                    Eier-
                                            schwämm
                                        heißt das
                              und die suchen wir nicht
                                              die finden wir

an Stellen
die nur sie kennen

                              und die
                              NEHMEN WIR   NEHMEN WIR
                              MIT INS   MIT INS
                              GRAB   GRAB

die Pilze?

Tochter	Vater	Uroma	Anna	Alice
			DIE SAMMEL STELLEN DÄNK	DIE SAMMEL STELLEN DÄNK
Im Sommer verschwinden sie im dunklen Wald durchkämmen ihn nach Heidelbeeren				
			Heite	
				Nei
				Heiper
			nei Heite	
				nei Heiper
			nei	
				nei
			nei	
Kann man nicht bei-				nei
			nei	
				nei
beides sagen?				
			...	...
				...
				ja
			ja	
Und wenn sie sie gefunden haben die				
			?	?
die				

Tochter	Vater	Uroma	Anna	Alice
			?	?
die Hei- …				
			ja …?	ja …?
die Hei …				
			und …	…?
die Sträucher				
ganz flach				
flach am				
Boden				
dann				
machen sie sich				
auch				
ganz flach				
			…	…
				sie?
			wir?	
				wir?
Ja				
			wir?	wir?
…				
				Gut
				machen wir
			machen wir?	
				mach schon
				mach
			ja	
			ich mach ja schon	
ja				
flach				
ganz flach				

| Tochter | Vater | Uroma | Anna | Alice |

			so?	
				ja?
den Bauch auch				
				ja?
ja				
auf den Boden				
und durchkämmen				
den Strauch				
mit einem Kamm				
aus Holz				

                                                         e Heiteschtreel
                                                                        Heiperschtreel!

und einem kleinen
Korb hintendran

                                                    die Heiper   Heiter

fallen einfach
hinab

                                                  hinein   herein

Und im Frühling
wandern die Alten
Richtung Aletsch

                                        nicht richtig
                                                  nicht Richtung
                                    zum
                                                zum Aletsch-
                                  Gletscher
                                                hinauf

sie tragen ihre
alten Knochen
hoch
am dunklen Wald vorbei

| Tochter | Vater | Uroma | Anna | Alice | 64 |

---

durch den hellen Wald
Bellwald dann
Aletsch-Gletscher
auf dem Rücken
tragen sie wieder
die

                                             ...?   ...?

Tschiffere
Was sammeln sie
was sammeln sie da oben

                                            ...   ...
                                                          wenn es warm wird
                                      und das Wasser geschmolzen
                                                           finden wir
                                      Knochen

Knochen?

                                      Knochen

und sammeln sie ein
die alten Knochen
tragen Knochen
die älter noch
sind als sie

                                      von Ureltern
                                              uralten
                                                    die in die Spalten
                                     gefallen

waren
hinab
hinab
hinab ins Grab

                                                              Auf den Friedhof?
                                     Nein

| Tochter | Vater | Uroma | Anna | Alice |

nein?

                                  Wenn die Knochen trocken
                                  sind
                                              kommen
                                              sie in die
                                  Knochenmühle

Knochenmühle?

                                  Das Gebein wird fein
                                  gemahlen

gemahlen?

                                          Das Mehl
                                          kommt aufs Beet
                                aufs Gemüse

auf ...?

                                auf das was
                                du isst

die rote Beete
...
...
die hier?

                                Das heißt
                                          Roote Reetrich

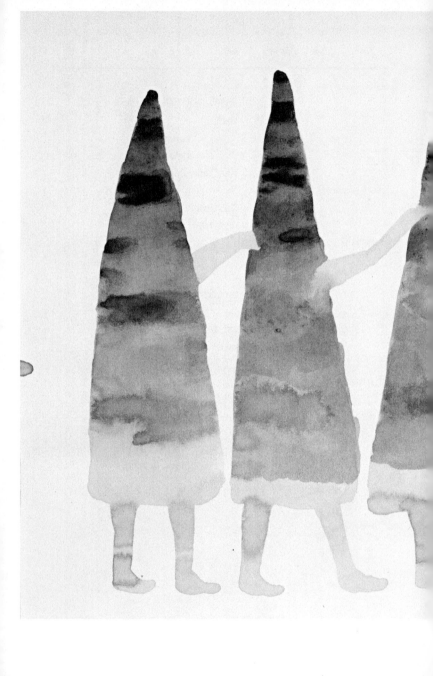

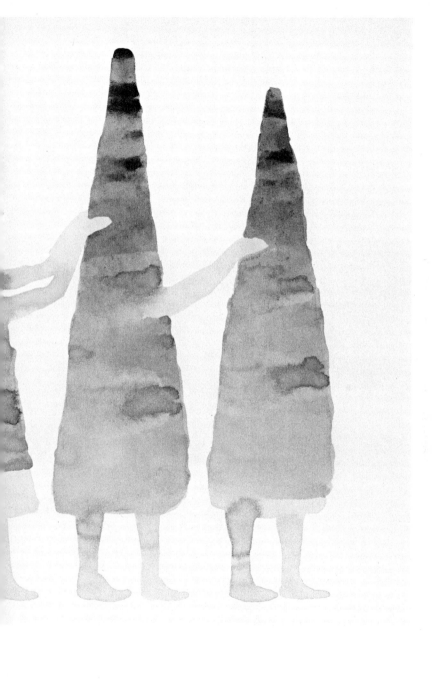

23

        Ihr Baum wächst
        ihre Arve
        ihr Platz ist grad
        unterm Haus
        schaut ins Tal hinaus

eigentlich

        doch eigentlich
        schaut sie nicht
        hinaus sondern hinauf
        zum Haus
        sie wächst nicht
        gerade
        sie lechzt nicht
        nach Licht
        sie bleibt im Schatten
        vom Haus

        eigentlich
        wächst sie zum Haus hin

        und stützt ihn

24
Es ist Nacht
der Wind rauscht
im Wald
im Hang
das Wasser rauscht
unten
im Fluss
die letzten Lichter
erlöschen
im Dorf
es ist dunkel
es ist still
nur das Rauschen von
Wasser und Wind
plötzlich blinkt
die Ampel rot
am Bahnübergang
die Schranke
senkt sich ruhig herab
die Laternen gehen an entlang
der Gleise
und es kommt
nichts
nichts kein Zug
nichts
aber es ist still
ganz still
das Rauschen hat aufgehört

Uroma
Uroma

Tochter	Vater	Uroma	Anna	Alice

        Hm
Warum geht die Schranke zu
        Was
Warum geht die Schranke zu, wenn
kein Zug kommt
                Die Schranke
                die ist wohl so
                programmiert
auf einmal kommt
ein Brausen auf
vom Tal herauf die
Gleise entlang
Rattern
Stimmen
Quietschen Heulen
kommt näher zu uns
fährt zu uns
aber da ist
nichts kein Zug nichts
Uroma
        Hm
Was ist das
für ein Geräusch
                Das ist
                nur der Wind
                der durchs Dorf
                streift
Aber es klingt
wie wenn jemand
schreit
        Hm
        nein

Tochter Vater Uroma Anna Alice

                        nein nein
sie schläft wieder ein
plötzlich
gleist
ein Licht auf
vor dem Bahnhof
auf den leeren Gleisen

dann zieht der Krach langsam ab
doch nicht den Gleisen entlang
er biegt ab
über die Schachfelder hinweg
den Berg hinauf
entfernt er sich
wird leiser
über den Grat hinab
verschwindet ganz

die Schranke
geht wieder hoch
die Ampel hört auf
rot zu blinken

ganz kurz ist es still

dann rauschen
wieder Wälder und Fluss
                  Siehst du
murmelt Uroma
                  nur der Wind
                  der durchs Tal
                  streift

25
Warum heißt es eigentlich
Niederwald

       Na wegen dem
          dem Wald halt

dem Wald

       oben dicht
          unten licht

oben dicht

       Nadeln
       am Baum
          Schatten
          im Raum

und unten

       nur alte
       Nadeln
       am Boden
          nichts
          wächst nach
       Schatten
          und Licht

          wenn du dich
          klein machst
      kannst du unter
      dem ganzen Wald drunter
      durchsehen
          unter dem Wald
          drunter durch
          gehen

Nieder wie
niedrig

Tochter	Vater	Uroma	Anna	Alice	

			wie Wald die	
			Bäume sind alle	
			alt	
				und von unten
				wachsen keine Jungen
				nach

Nieder wie
nie wieder

                                            Ja
                                            in Niederwald
                                            wächst nicht wieder
                                            Wald

                                                                         er wird einfach
                                                                         alt
                                            einfach nur
                                            alt

Alterwald.

26
Eine Maschine
mit einer
        Schiene
einer Schiene
zwischen einem
        Kolben
oben
und einem
        Keil
unten
        ein Keil wie
        ein Beil
nur ohne Stiel
        genau
nur das Metall
        Ich leg das Holz
        vor den Kolben
        und wenn ich dann
        die Taste drücke
        drückt er schiebt er
        das Holz die Schiene
        entlang
        bis es dann
        an der scharfen Kante
        anlangt
        am Keil entzwei-
        springt

              Sie sitzen
              beide da
              in Unterhemden

Tochter	Vater	Uroma	Anna	Alice

                                      Liebli
                Leibchen
                ja
Die Rinde
fällt ganz einfach ab
                                          Vater
                                und Tochter
                vor dem Haus
Ein Kind kann die Rinde
abziehen
                sie zieht die Rinde ab
Darunter ist
das Holz gemasert
gemustert
        von Gräben durchzogen
        die der
                        Holzbock
                                      gefressen
                      gefräst
                                ja gefräst
        hinterlassen hat

        Wenn du Holz spalten willst
        musst du schauen
        wo ein Riss ist
        wo das Holz
                        einen
                                feinen
                      Spalt
                              hat

Hier

        genau
        dann drehst du
        das Holzstück
                              der Trotz
                den Runken
        den Klotz
        so, dass der Riss
        genau auf den Keil trifft
        wenn du dann die Taste drückst
        dann geht das Holz ganz
        einfach entzwei
        am Keil
        am Keil angelangt
        haften die Teile noch
        aneinander
        das Holz haftet noch
        dann löst es sich
        dann löst es sich voneinander ab
        die beiden Teile
        fallen herab
ganz lautlos
lösen sie sich
das Holz knarzt
nicht ächzt nicht
        es seufzt
        nur ein wenig
        das Holz
        die Hölzer
die ein Holz waren

                Und wenn ein Ast
                quer steht

| Tochter | Vater | Uroma | Anna | Alice | | 77 |

				Wenn ein Ast		
				quer steht quer strebt		
				dann spaltet es		
				nur am Anfang nur		
				bis zum Ast		

wenn er
die Taste drückt

                                                                  das Holz entzweit
                                                                  sich nicht

                verhaftet sich

                                                                  unter unglaublicher Kraft
                        er lässt nicht los

                                                                    wird zerquetscht

                verdreht sich windet sich
                        er lässt nicht los

zwei Astaugen
schauen ihn an

                                                      Lass los!

ein

                                 Lass los!

entstelltes

                        er lässt nicht los
                              Lass los Lass los

Gesicht

                              LASS LOS LASS LOS

ein entstelltes Gesicht
                bis es dann plötzlich
                zerbirst
                zerbricht explodiert
                in alle Richtungen fliegt
                        ACHTUNG ACHTUNG

er hat
losgelassen
er drückt die Taste nicht mehr
der Kolben
hat sich langsam
zurückgeschoben
zurückgezogen
das Holz bleibt zurück
steckt fest im Keil
    Der Keil steckt fest
    im Holz
        er holt
        einen Hammer
er haut mit dem Hammer
er haut mit dem Hammer immer fester
auf das Holz
doch
    das Holz bewegt sich nicht
        er schaut das Holz an
er schaut
in
in
    mein
    mein
    mein Gesicht
ein Keil mittendrin
        er staunt
    ich-
im Holz
sein erstauntes Gesicht.

Tochter	Vater	Uroma	Anna	Alice	

27

                              Siehst du
wie die
Ampel rot blinkt
Am Bahnübergang?
                                        wie die
Schranke sich
langsam herabsenkt

Ja

                              wie die
Laternen angehn
entlang der Gleise

ja

                                        obwohl
kein Zug kommt
kein Zug kommt
mitten in der
Nacht
                                Kein Zug kommt
mitten in der Nacht
oder?
                        oder?
                                oder?

Nein
Kein Zug
ich seh keinen
                    Aber warum dann
                              die Schranke
                    die Ampel
                              die Laternen
Die
die sind wohl

Tochter	Vater	Uroma	Anna	Alice

       so
       programmiert
              hier?
              programmiert?
              hier ist nichts programmiert
              sag du es ihr
                      Laternenampelschranke
                      das passiert
                      nur
                      wenn etwas kommt
              etwas kommt
Aber da kommt nichts
ich sehe nichts
kein Licht nichts
              Sicher?
              Hörst du nicht
                      das Rattern
              das Brettern
                      Stimmen
              Quietschen
                      Heulen
              die Gleise entlang

doch
doch das
höre ich

       das ist
       der Gratzug
der »Gratzug«?
                      der Totenzug

| Tochter | Vater | Uroma | Anna | Alice |

                Totenzug
                        der nimmt
                        die armen Seelen
                        mit
                arme Seelen
                                  die Gestorbenen
                        die gestorben sind
                              aber noch
                              nicht im Jenseits
                              sind

                es klingt
                wie wenn jemand
                schreit
                sind das
                die armen Seelen
                        das sind Hunde
                Hunde?
                        gespenstische Hunde
                              Geisterhunde
                              Höllenhunde
                Höllenhunde
                              sie springen
                              dem Gratzug voraus
                              damit die Lebenden
                              sich in Acht nehmen
                        aus dem Weg gehen
                        zurückstehen und
                              sich wegdrehen
                Was
                        Pass
                        bloß auf

Tochter	Vater	Uroma	Anna	Alice
			dass	
				du nicht vor
				den Zug fällst
			er	
			nimmt dich	
			mit er reißt	
				dich mit
		Mich		
			und wenn der	
			Kondukteur	
		der wer		
				der Schaffner
		ah gut		
		ich dachte schon		
			der Dämon	
		Was?		
			wenn er merkt	
				wer
			du bist	
				was
			du bist	
		Was		
		bin ich denn		
				eine Schwarzfahrerin
		Ich		
		aber ich wollte		
		doch gar nicht		
		mitfahr-		
			er wird dich büßen	
		aber		
				du wirst büßen
		aber		

Tochter	Vater	Uroma	Anna	Alice

                      aber
                      ihr macht nur
                      Spaß
                      oder

                                        Was meinst du
                                        denn

                      Das Geräusch
                      das ist nur
                      der Wind
                      der durchs Dorf streift
                      oder
                                        Was meinst du denn
                    Aaah!
                    Was war das

                                        Wahrscheinlich nur
                                        ein Hund
                                        der heult
                              oder
                                        was meinst
                              du denn
                    Aah
                                        Hey
                                        Hey
                                        was rennst du
                                        in mein Haus
                              lass sie doch
                              schau was
                              eine kleine
                              Geschichte
                              aus ihr macht
                                        stimmt

Tochter	Vater	Uroma	Anna	Alice	
				was	
			für		
				ein	
			Spaß		

Was für ein Spaß.

28
Winter
Nacht
die Luft ist
kalt
und klar
Papa und ich
sind da
nach unten
öffnet sich
das Tal
nach oben der Himmel
ein Ausschnitt vom Himmel
zwischen den Hängen
ein Dreieck das
sich nach oben öffnet
das nach oben fließt
über unseren Köpfen fließt
sich übers ganze Tal ergießt
in Sternen
so vielen Sternen
zu vielen Sternen
schau ich einen an bleibt
mein Blick nicht dran springt
grad nebendran zum Nebenmann
der Himmel beginnt
sich zu drehen
die Sterne drehen
        Da
er hat mir
        eine Sternenkarte
gekauft
eine Scheibe

in einem Karton
mit einer Aussparung
einem Dreieck
        sie zeigt
        einen Ausschnitt vom Himmel
und ich drehe
die Scheibe
bis sie stimmt
bis ich im Himmel
über mir
dasselbe sehe
ein W
ich hab ein W gefunden
sage ich
ein W aus Sternen

        Schön
sagt er
und schaut
nicht auf
schaut nur
geradeaus
auf den Punkt
wo die Berghänge sich
treffen

        Kassiopeia
sagt er
        dein Himmels-W
        war eine Frau
        Kassiopeia
war?

Was-?

wer?

und er
sagt nichts
er schaut nur geradeaus
auf den Punkt

Papa ist das da
der Wal
        Genau
er schaut
nicht auf
        der sollte
        sie fressen
        oder wollte sie
        gefressen werden
was
warum-
und er sagt
nichts
schaut nicht auf
schaut geradeaus
auf den Punkt
wo die Bergschenkel
sich berühren

Was
frage ich
was war
sie
für eine Frau

Tochter   Vater   Uroma   Anna   Alice

        Das ist nicht
        unsere Geschichte

Was war Ma-
        Nicht ihre Geschichte
Ich drehe die Scheibe
drehe die Scheibe
die Scheibe immer weiter
und die Sterne
drehen sich mit
nicht auf der Karte
Papa
der Himmel dreht sich mit
sage ich
und er sagt
nichts
ich sehe andere Sterne
andere Bilder
im Himmel
Papa
doch er schaut nicht auf
Sommersterne
und es wird auch
Sommer
rundherum
schmilzt der Schnee
Grillen singen
Gräser klirren
die Luft flirrt und er
merkt es nicht
es wird heiß immer
heißer er
merkt nichts

Tochter　　Vater　　Uroma　　Anna　　Alice

ich bekomm zu heiß
in meinen Skikleidern
ich dreh die Scheibe wieder
weiter
wieder weiter
wieder Wintersternenbilder
wieder Winter
ringsherum
wird es kalt kälter
eisig es schneit
doch er
er

ich drehe die Scheibe schnell
so schnell dass
die Sterne verwischen
zu weißen Streifen runden
Streifen Schnuppen
Sternschnuppen gleißen
er-
so schnell, dass
die Scheibe fast
den Karton zerreißt
dass der Himmel fast
die Berge runterreißt
er
der Himmel wird hell
ganz hell
überall
weiße Schweife gleißen
überall
ganz grell

ich halte den Himmel an
ich drehe die Scheibe langsam
bis alles
wieder stimmt
alle Sterne
alle Sternbilder
bis der Himmel wieder stimmt
bis
bis alles wieder ist
wie es früher war

der Wal
ist wieder da

Kassiopeia
wo ist Kassiopeia
sie ist nicht mehr da
wo sie vorher war
da
sie ist
im
Großen Wagen
mittendrin
das Himmels-W
im großen Wagen
Papa

er hat mir
die Sternenkarte gekauft
doch
er schaut
nicht auf.

| Tochter | Vater | Uroma | Anna | Alice |

29

          Wie lang
          soll das noch so
          gehen
                Was
          Na das hier
          die hier
                die da
          Ja
          jeden Tag zur
          selben Zeit
          macht die sich breit
          auf unsrer Bank
                und schweigt
          Ja
          grunzt nur ab und zu
                uns zu
          wie ein Schwein
          ja
          wienes Schwinggi
                Sie scheint
                zufrieden zu sein
          hmpf ja
          wie lang
          soll das noch
          so gehen-
                Reden
          Was
                red mit ihr
          Was
          Worüber
                ihr Leben

Tochter	Vater	Uroma	Anna	Alice

Tochter	Vater	Uroma	Anna	Alice
			Pff	
			Die hatte es	
			nie schwer	
			hat sicherlich	
			geerbt	
		Ich bin		
		unehelich		
			Was	
		Mein Vater war weg		
		meine Mutter konnte		
		mich nicht		
				wollte dich nicht
		ja		
		wollte mich nicht		
		bei sich		
				sie hat geheiratet
		meine Heimat		
		waren Oma und Opa		
			Aha	
			Und ungetauft	
			warst du sicher auch	
		Sicher		
		wie Oma und Opa auch		
			Was	
		Sie waren Sozialdemokraten		
				Sozen
			Roten	
				So was
		Und ihr		
			Wier si	
			sibni gsi	

Tochter	Vater	Uroma	Anna	Alice	

                        und alli gitoift!

        Ja

                                Anna
                        Hm?
                                  Na los
                                  frag sie
                                  nach dem Krieg
                        Pff
                        schi iisch sicher
                        ds Hitler-Meiggja gsi
In einer Nacht
hat Oma mich geweckt
ans Fenster geholt
und gesagt:
Schau hin
und merk dir
was wir
Deutschen gemacht haben
                        Hm

                                  Und nach dem Krieg
Nach dem Krieg
da war
Alois da
                        Diine Maa
bald ja
er hat studiert
                        schi gibäret
bald ja
                        han ichs doch gwisst

       di hett niggs rächts gleert
und mich animiert
auch zu studieren
       Das konntet
       Ihr euch leisten
Man musste nur
in der Schule was leisten
wenn die Eltern Arbeiter waren
die Arbeiter sollten
das neue Land leiten
    aha

Und ihr
       Wier si sibni gsi
       dr Euteschtä hett
       de Budä ubernu
       dr Zweit isch zer
       Schwiizergarde gange
       ei Schweschter
       hett me
       ins Kloschter gita
       d Anna hie hett-
    Und was hesch
    dü gschaffet?
Ich hab's geschafft
Kulturleiterin
zu werden
in unserem VEB
    V-E-Was?
Volkseigener Betrieb
    Wie
Der Chemie-

| Tochter | Vater | Uroma | Anna | Alice |

        Fabrik
                      Chemie
        Streichhölzer
        unter anderem
        hier schenk ich dir
                Und Kultur?
        im VEB gab's
        Buchclub
        Musikgruppen
        und
        eine Schweinezucht
                Schwinggini
                Dü kennsch dich
                üs mit Schwinggini?
        Ja
        und mit Büchern-
                Biecher und Schwinggini
                das isch fasch z güet

        Und ihr
                        Schwinggini hei wier
                        nie ka
                        numme Schwarznaseschaf
                Ich ha de der dritt
                Brüeder miesse pflege
                isch bhindret gsi
                und schpeeter de
                miine Père
                und miini Mère

        und du
                      Mich hentsch

Tochter	Vater	Uroma	Anna	Alice

                                                inne andri Famili
                                                gschickt
                                                als Hilf
                                                bi einem-
                                                bi wiene zweiti Froi
                                                gsi
                                                han ich aber nid welle
                                                da bin i heim
                                                und sit dem allei

            ja

            Na ja
            ihr seid
            ja zu zweit

                                        Ja
                            Ja

                            Und diine Maa
            Mein Mann hat
            Schicht
            gearbeitet
            eine Woche morgens
            eine abends
            eine Woche nachts
            und dann wieder von vorne
            Dreißig Jahre lang
            und mit sechzig Jahren dann
            war Schicht im Schacht
                            Was?
                                        Er isch halt gschtorbe!

| Tochter | Vater | Uroma | Anna | Alice |

        oh ah so

Und nach der Wende dann
hat der VEB zugemacht
      V-E-Was-
              d Fabrik halt!
      ah so
      Schicht im Schacht
ja

Habt ihr nicht gesagt
ihr seid sieben
              Ja
Wer ist die Siebte
      die Großmutter
           vom Käthi
ja
      Hedwig
           sie hat Sekretärin gelernt
           in der Stadt
      hat ihren Mann kennengelernt
           ist zu ihm gezogen
           in einen anderen Kanton
      aber er hat ihr ein Häuschen
           hochgezogen
      das halbe Jahr kam sie hier
           nach oben
      Jahr für Jahr
      vor ein paar Jahren
           ist sie gestorben
Ist das das
Haus

Tochter	Vater	Uroma	Anna	Alice	
		wo wir jetzt wohnen			
				Ja	
			Ja.		

30
Das ganze Dorf ist da
alle Alten
machen Anstalten
auf den Straßen
und vor den Häusern
jeder hängt eine
Laterne
raus
vor dem Haus
jede hängt ein
Glöckchen
auf
an die Laterne dran
ich frage sie
Was macht ihr da

                        Weißt du vom Gratzug

vom-

                            vom Totenzug

also gibt es ihn
doch
also hab ich recht
gehabt
Uroma sagt-

                      Haha
                      frag deine Großmère
                      jetzt nochmal
                      ihre Antwort ist jetzt
                      nicht mehr so klar

klar-

                      Eigentlich
                      ist der Gratzug

Tochter	Vater	Uroma	Anna	Alice

                                        nur auf der Durchfahrt
                                        zieht durchs Dorf
                                        braust den Berg hinauf
                                        und über den Grat
                                                in ein anderes
                                                Tal
                                                wo keine von uns
                                                jemals war
                                        doch einmal im Jahr
                                        macht er Halt

Und die Toten
steigen aus?

                                                Die armen Seelen
                                                steigen aus
                                        sie ziehen ihre Bahnen
                                                der Zug wartet so lang
                                        wir hängen Laternen raus
                                        mit Glöckchen dran
                                        damit sie den Weg finden
                                        zu ihrem Haus
                                                und stellen
                                                ein Schemeli raus
                                                mit ihrem Foto drauf
                                                ein Glas Wein
                                                ein Stück Cholera
                                                denn die Fahrt
                                                geht noch lang

die Fahrt

                                        andere aber
                                        kommen her
                                        aber kommen nicht
                                        von hier

Tochter	Vater	Uroma	Anna	Alice	

				sie finden
				kein Schemeli
				mit ihrem Foto
			Triste Touristen	
			die von Haus zu Haus gehen	
			uns Menschen ansehen	
				in unseren Zimmern
				stehen
				sich Souvenirs
				mitnehmen
			eine Tasse	
				eine Mappe
			einen Hut	

Was

				Wir lassen sie
			ich nicht	
				ja du
			ja ich	
			ich lass mir das nicht gefallen	
				jaja
				ich häkle ihnen
				etwas
				in den Wochen davor
				kleine Puppen
				Topflappen gefallen
				besonders
			jaja	
			etwas authentisch	
			Einheimisches	
			dein Tisch	
			ist noch nicht	
			parat	

Tochter	Vater	Uroma	Anna	Alice	

Darf ich helfen

                                          Ja aber nicht
                                          die Cholera
                                          die ist zu kostbar

| Tochter | Vater | Uroma | Anna | Alice |

31
    Was spielst
    du denn da
ich spiele nicht
ich baue einen
Alta
    Alta?
Ein Alter
    Was für ein Alter
        Altar! Dänk
Kannst du mir
eine Steinscheibe
suche
    Eine Steinscheibe
für auf die Fiäss
    Fiäss?
        Füße
die vier Hölzli
damit die Miisch
nicht rauflaufen
können
    Miisch?
        Mäuse
            wie bei den Häusern
            damit die Mäuse
            nicht hoch kommen
Und auf dem Alta die
Cholera fressen
    Cholera? Warum-
        Ein Kuchen!
        Mit Kartoffeln, Käse
        Birne auch Lauch

| Tochter | Vater | Uroma | Anna | Alice |

Kannst du mir
den Stein suchen
    Ja
    ja klar
    sag mal
    will dich jemand
    besuchen
                       Umgekehrt
                       sie will
                       dass jemand sie
                       besucht
    Wer denn
               Wer dänk!
Hast du die Scheibe
    ich hab eine
    hast du die Hölzer aufgestellt
hier
    ich leg sie
    vorsichtig darau-
Umgekehrt!
    umgekehrt
    ja
    damit es nicht umfällt
    damit es hält
ja
    Was machst
    du jetzt noch
jetzt stell ich
Cornichons hoch
    Corniwas
              Gürkchen!
                   Ein Schüsselchen

| Tochter | Vater | Uroma | Anna | Alice |

                Gürkchen
                sie kann doch-

ich kann doch noch
keine Cholera machen
   Aha

   und jetzt
   du malst
   was malst du da

   ist das
   eine Frau

   diese Frau
   kommt diese Frau
   dich besuchen

Ja
   Wie heißt sie denn
ich weiß es nicht
   du weißt es nicht
   wo-
   woher kennst du sie denn

Ich kenn sie
nicht
   wer ist sie denn
        ja wer, dänk!
ich mal
Mama
   Was
Mama

Tochter	Vater	Uroma	Anna	Alice

	Was			
	das			
	soll deine Mutter			
	sein			
ja				
	aber sie sah			
	ganz anders aus			
was				
	das alles			
	soll für sie			
	sein			
ja				
	Gürkchen			
	sie hat Gürkchen gehasst			
Was				

32

    Und dann
    wird jemand
    wütend
wütet
tritt die
Hölzchen weg
alles fällt zusammen
    ob er es war
    ob sie es war
    ist nicht klar
beide wollen weg
    doch nicht zusammen
sie rennt links
ums Haus
zum Fluss
    er rennt rechts ums
    Haus zum Fluss
wollen sich
aus dem Weg gehen
    sich entgehen
doch begegnen
sich schon wieder
    auf der anderen
    Seite vom Haus
    sind überrascht
überraschen sich

lachen

müssen fast lachen

zusammen

nein
nicht zusammen
er
muss fast lachen

sie aber nicht

und rennt allein
weiter
runter
zum Fluss.

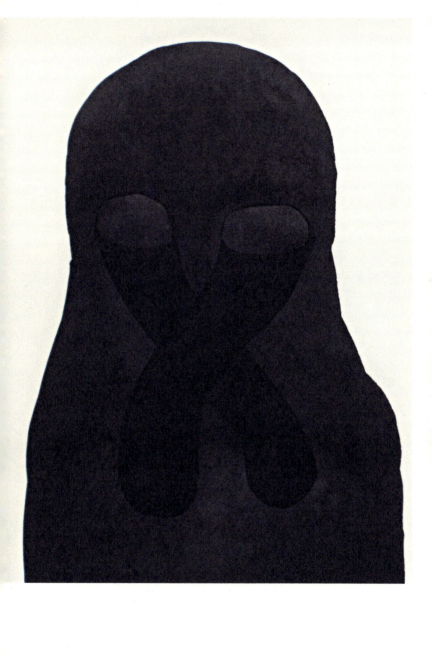

33

        Was denkst
        du dir nur

Also ich

        du bist nicht nur
        stur
        du bist dumm
        verstummst
        wenn es dich braucht

Aber ich

        du gibst ihr keinen Raum
        um
        an sie zu denken

Ich

        und das Schlimmste ist
        sie weiß nichts
        kennt nicht einmal
        ihr Gesicht

...

        wie lang
        willst du
        noch so leben

ich?

        du kannst sie verschweigen
        kannst dich weigern
        zu trauern
        aber du hast sie
        vor den Augen

wie

        jeden Tag gleicht
        sie
        ihr

| Tochter | Vater | Uroma | Anna | Alice |

        mehr

        du hast sie immer
        vor den Augen
        noch
        doch
        wenn du weiter
        so machst
        ist sie eines Nachts
        nicht mehr da

ich verlier
sie
schon wieder

        nein
        deine
        Frau hast du schon verloren
        du verlierst
        deine Tochter.

Tochter	Vater	Uroma	Anna	Alice

34

		Dann		
dann				
			dann	
				kommt
das Vi-				
		dann ist		
				Schluss
dann ist				
				Schluss
			mit allem	
Schluss				
		keiner		
bestellt die Felder mehr				
		keiner		
			geht mehr vors Haus	
		keiner		
				sitzt mehr draußen
		es ist still		
der Zug				
fährt kaum noch				
und hält auch				
nicht mehr an				
			weil keiner mehr	
			einsteigt	
			oder aussteigt	
			weil keiner mehr an-	
			kommen will	
				oder wegkommen
				kann
		es ist still		
alles steht still				

Tochter	Vater	Uroma	Anna	Alice
die Häuser				
stehen still				
halten die Füße still				
kein Bein bewegt sich				
			das ist	
			schwer	
				das ist schwer
				so
			immo-	
				bil
		es ist still		
kein Bein bewegt sich				
nur ein ganz klein winzig				
zittern sie				
zittert jedes Haus				
weil jedes Haus es				
aushalten muss				
			aushalten	
				aushalten
aber die Fenster				
die Fenster blinzeln				
die Fenster blinzeln einander zu				
			blinzel	
				blinzel
		es ist still		
		es ist		
				wenn er kommt
				dann fährt er
				einfach durch
				ein leerer Zug

Tochter	Vater	Uroma	Anna	Alice
				durch leere Berge
			dann	
dann				
				dann
		ist es still		
				dann
			dann	
das				
		ist es still		
Telefon				
			dann	
				dann
		ist es still		
das Telefon				
				dann
			dann	
		ist es-		
			sei doch mal still!	
das Telefon				
es klingelt				
		das Telefon klingelt?		
		das Telefon klingelt zum ersten Mal seit wir da sind das Telefon zum ersten Mal seit wir da wohnen		
				dann
			klingelt	

Tochter	Vater	Uroma	Anna	Alice

das Telefon

                        das Telefon ja

                                                    dann

                                    klingelt

das Telefon

                        ja wo
                        ist es denn   dann

                                    klingelt

das Telefon

                        Ja-a

                                  klingelt

                        ich mach

das Telefon

                        ja

                                                          klingelt

                        ja schon

das Telefon

                        ich mach ja schon
                                  klingelt

                        Ja!

                        Ja.

                        Ja?

                        Ja hallo?
                                  Was hallo?!
                                  Hallo!
                                  Das heißt:
                                  Tagwohl!
                        Aber-

                                  Wie lang wohnst

Tochter	Vater	Uroma	Anna	Alice

			du hier schon	
		Ja-	so geht man nicht	
		ja-	ans Telefon	
		Ja aber-		
			Ja aber!	
			Ja aber – habe	
			ich ja von Anfang	
			an gesagt:	
			Du bist eine	
			Ja-aber-Alte	
		Ja-		
			Eine Ja-	
		aber-		
			Aber-	
		nein-		
			Alte-	
		Aber nein-		
			Laber-Tante	
		Stopp!		
		Stopp jetzt		
		Hast du mich		
		nur angerufen		
		um mich zu		
		beleidigen		
			Nein	
			um dich zu	
			korrigieren	
		Was?		
		Also hast du mich nur angerufen		

Tochter	Vater	Uroma	Anna	Alice

        um mich zu korrigieren?
            …
            …
            ja
Was?
            Ja
            das kann ich ja
            sonst nicht machen
            wenn du nicht
            zu uns sitzen darfst
            auf deinem Platz
            auf der Bank
auf meinem
Platz
bei euch
            bei uns
bei uns.

Tochter	Vater	Uroma	Anna	Alice	

35

                                                        Blinzel

Blinzel

                                    Blinzel

                        Blinzel

36

        Der Zug
        kommt kaum noch

                    tagsüber

        nur einmal
        am Tag
        und hält nicht
        schiebt sich
        leer
        durchs Tal

                    der Gratzug aber
                    fährt viel mehr

        nachts

                    einmal pro Nacht
                    fährt er ein
                    hält er an

        niemand steigt aus

                    aber immer
                    steigt jemand ein
                    und findet keinen
                    Platz
                    und steht
                    kann nicht abhocken
                    denn alle Plätze
                    sind belegt.

| Tochter | Vater | Uroma | Anna | Alice |

37

          Bringst du
          den alten Tanten
          was von meiner Eier-
          schecke

Was-

          die haben bestimmt
          kein Dessert mehr

Wieso ich-

          und Einkaufen
          ist auch nicht mehr
          so einfach

Also
also gut

          Stell's ihnen
          einfach vor die Tür

ist gut

.
.
.

Dann stell ich es
einfach hier hin

                                    Klingeln Sie nicht-

He!
Haben Sie mich erschreckt-

                                    Klingeln Sie denn nicht

Wieso-

                                    Das gehört sich so

Also-

                                    Geben Sie mir die
                                    Eierschecke

Was-

Tochter	Vater	Uroma	Anna	Alice

                                                                                                   Machen Sie schon

           Woher wissen Sie, dass-

                                                                                                    Telefon

          Also gut

                                                                                                      Und nehmen Sie hier
von den Älplermagronen
wenn Sie schon
hier sind

ist gut

also dann
zur anderen

.

.

diesmal
klingel ich-

                                                   Grüezi!
Wollen Sie mich besuchen

Was-also-

                                                 Ich weiß, ich weiß
Sie bringen nur Kuchen

Wieso-

                                               Warten Sie schnell
ich muss etwas suchen
für Ihre Großmutter

Also ich-

                                             Ich hab noch
Ris Casimir
hier bei mir
hier

Danke-

Tochter	Vater	Uroma	Anna	Alice	127

			Klingeln Sie doch rasch noch bei Alice	
	Wie-			
			Casimir schmeckt ihr so	
	so?			
	ist gut			
	.			
	.			
				Casimir von Anna? Wunderbar
	Ja			
				Hast du ihr meine Magronen angeboten
	Was? Wieso-			
				Wieso? Das gehört sich so
	Also-			
				Komm hier hast du noch eine Portion
	ist gut-			
			Alices Magronen? Danke hier nimm noch Casimir	
	Was? Wie-			
				Hat sie dir noch mehr Casimir gegeben
	Ja hier			

Tochter	Vater	Uroma	Anna	Alice

	vier			
	Tupperwar-			
				Caspar!
	Cas-was?			
				Bring das
				zu Caspar
	Caspar?			
				Mein Nachbar
	Also			
				Und nimm noch
				eine Portion Magron-
				en mit
	Ist gut			
	...			
	Casimir zu Caspar ...			
	Also			
	...			
	also			
	...			
		Also geht er		
		weiter		
		einmal durchs ganze Dorf		
		doch die Tupperwaren		
		werden nicht weniger		
		werden mehr		
	Was?!			
		von Caspar zum		
		nächsten Nachbar		
	Wie soll ich das alles tragen			
				Hier ich leih dir

| Tochter | Vater | Uroma | Anna | Alice |

				meine Tschiffere
Ihre was-				
				Ein Weidenkorb
				für auf den Rücken
Also-				
	Und so			
?				
	Und so			
	geht er weiter			
...				
	Weiter!			
Ist ja gut				
	Weiter			
	von Haus zu Haus			
	doch der Korb			
	wird nicht leichter			
Er wird immer voller!				
	von Nachbarn zu Nachbarn			
	durchs ganze Dorf			
	zieht seine Fäden			
	jeder und jede			
	will ihm etwas			
	mitgeben			
Jeder gibt mir etwas mit!				
	für mich			
	und die anderen			
Alle anderen				
	und klingelt wieder			
	immer wieder			
	bei			
Anna Alice Caspar!				
	und allen			

                anderen
und allen anderen!

                Am Abend dann
                kommt er nach Haus
        Endlich
                und schaut mich an
    Das war doch
    Absicht
                Ja
    Was
    Wieso
    hast du das getan
                Räum die Tschiffere aus
    Was
                du hast sicher Hunger
    Also

    ja
                Und wir tischen
    ist gut
                vierzig Gerichte auf.

Später dann
                fragt er mich
        zum Nachtisch
        gibt's doch
        Eierschecke
                Was?
                Also-

Tochter	Vater	Uroma	Anna	Alice
	Gibt's noch Eierschecke?			
		Nein		
Was-				
Wieso-				
Also-				
also-				

38
Am nächsten Morgen dann
ist sein Bett leer
ist er weg
                das Auto auch
als er um neun
zurückkommt
parkt er nicht hier

                                er parkiert
                                mittsch im Dorf
lädt Tüte um Tüte
aus

                                mitsch in der Früh
bringt eine
zu Alices Haus

                                Sie haben eingekauft
                                Wieso-

            Ich lasse es
            einfach hier stehen

                                Was- Sie wollen schon geh-

            Ich muss weiter
zum Auto
                zu Annas Haus
                        Was
zu Caspar
            und zum Anneli auch
er der
            kaum je aus dem Haus geht
der
            kaum je rausgeht
er läuft das ganze Dorf ab
stellt Tüten ab

| Tochter | Vater | Uroma | Anna | Alice |

Haus für Haus
Montag für Montag
fährt er einkaufen
für alle
die nicht mehr einkaufen können
für alle Alten
im Dorf
                  also eigentlich
                  für alle im Dorf
für einfach alle
im Dorf

Er macht es gut

Als das Auto leer ist
als er eigentlich fertig ist
                ruft es aus dem Haus
                          Roote Reetrich?!?
        Was
Rote Beete
                        Die sind mir
                        ein Graus!
                Rosinen?
                Willst du mich umbringen?
                    Fenchel!
                    Damit überschreitest du
                    eine Grenze!
        Nein
        er macht es
        nicht gut
                Wo ist mein Maizena?
                        Bring die Peterlini zu Emil

| Tochter | Vater | Uroma | Anna | Alice |

                                        Wenn du schon gehst
                                      nimmt den Kartoffelstock mit
                                      zu Caspar
                     er macht es schrecklich
                                      Caspar habe ich gesagt!
                                      nicht Cäsar
                                                      ist doch ganz einfach
                                                      zu Reinhard!
                     er macht es schrecklich

Aber-

                     aber
                     er macht es

39
An einem Morgen dann
als er durchs Dorf geht
Einkäufe bereitstellt
kommt er nicht weit

                                              Ich bi umkit
        Was
                             Was was
                             sie ist umgefallen
                                     Ja
            das sehe ich
                             Jesses was machst
                             du denn für Sachen
                                    die Hüfte
      ja
                                  sie ist
                                  gebrochen
              was – warten Sie
er bückt sich er
hievt sich sie
auf den Rücken
                         Wart was machst du –
er trägt sie
huckepack
aus dem Haus
wie einen Rucksack
zum Auto
                        Was aber –

fährt sie raus
aus dem Tal
ins Spital

| Tochter | Vater | Uroma | Anna | Alice |

			Du bist wieder da aber wo ist sie	
	Sie haben sie grad dabehalten für die Operation			
			Sie wurde operiert?	
			Wie ist es gelaufen	
	Gut aber sie muss sich jetzt schonen sie haben sie grad dabehalten			
			Du bist schon wieder da aber ohne sie	
	In der Rehabilitation da hat sie den Virus erwischt			
			Schi hett der Virus verwitscht?!	
	da haben sie sie grad dabehalten			
			Wann kommt sie-	
			Wo ist sie-	
			Warum ist sie noch-	
		Du bist wieder da		
	Ja			
		Aber ...		

Tochter	Vater	Uroma	Anna	Alice	
	ja				
			heißt das		
	...				
	auf der Station				
			da hett der Virus		
			schi		
			verwitscht		
	Ja				
da hent schi schi					
			grad		
			da gibhalte		

40
Grad
nach dem Be-
graben

                                                   Hüere Hundsverlochetei

nimmt Anna
die Holzkreuze
ab

                                  Ich bi so verrukkts
                    damit der Winter
                    ihnen nichts anhaben
                    kann
                    das hat Alice
                    immer gemacht
                                  Alles bliibt an mir heichu

Anna
hat es schwer

                  Alices Haus
                  steht leer
                          vo wäge
                          es isch voll mit Zig
                          ich bi so verrukkts

Uroma geht rauf
zu Alices Haus
schließt die Türe auf
räumt auf
putzt alles raus
stellt alles raus

                          sättigi Schiisswaar
                          abfaare
                Was

Tochter	Vater	Uroma	Anna	Alice	

                                              fort
                                                fort dermit
                                                fortschiisse inne
                                                Küeder inne Abfall

                             was

                                                in den Müll
                                                bin ich hässig

                         Und
                         das Haus

                                                Verkauf es

41

        Anna
        hat es schwer
                Alices
                Haus steht leer

Papa
macht keine Lieferungen
mehr

                braucht's auch
                nicht mehr
                alles wird wieder wie
                vorher
                der Gratzug kommt kaum noch
                nachts
                der Tagzug fährt wieder
                wie früher
        und er
        kommt gar nicht mehr raus
        wie früher
        nur schlimmer

Uroma geht rauf
zu Annas Haus
setzt sich dann
auf die Bank
ein Platz
bleibt frei
        Alices
zwei bleiben frei
        und Annas
und Uroma allein
                wie früher

| Tochter | Vater | Uroma | Anna | Alice | 143 |

42

                    Alices Haus
                    steht leer

Uroma
                    die Ja-aber-Alte

schließt die
                    nervt nicht mehr

Türe auf
                    kommt nicht mehr her

von
Alices Haus
                    steht leer

und geht hinaus
                    Was?!
              schaust du so
                    Was machst du
                    in Alices Haus
              in meinem Haus
                    Was
                    du
                    du solltest es
                    verkaufen
              hab ich gemacht
                  nicht kaufen
              hab ich aber gemacht

                  Was

                  wie

                  wie kannst du es
                  wagen

| Tochter | Vater | Uroma | Anna | Alice |

                        auf gute Nachbarschaft
                        ich denke, wir werden
                        uns gut vertragen
                                  was- aber
                        Entschuldige
                        ich muss jetzt
                                  was- wohin
                        in meinen Garten
                                  deinen Garten
                                  ...
                                  deinen Garten?!
                                  was
                                  meinst du
                                  Alices?!

und will sie
jagen
und tippelt
hinter ihr her.

Tochter	Vater	Uroma	Anna	Alice

43
Wie hieß sie
                                    Wer
Mama
                                    Ah diis Mami
                                    diis Müetti diini mère
Wie war ihr Name
                                    's Käthi
es Käthi?
                                    nid »es«
                                    »'s« wie das
das Käthi
                                    ja
                                    ds Käthi hett mier ira
                                    gseit
das-
                  Keethe
                  bei uns
                  war sie Keethe
Keethe-
          Katharina
Papa
was machst du hier-
          Sie hieß
          Katharina
          klar

                Ja
                            ja
          Komm mit
Ja.

44
Mussten die
Cousins
vor Gericht
        Nein
        sie waren es
        nicht
was- aber haben
sie sie nicht
mitgenommen
        Nein
        sie ist ihnen zu-
        vorgekommen
        sie fuhr allein
Aber-
Haben sie sie
vor sich her getrieben
        Nein sie fuhr
        weit und breit
        allein

Also ein Unfall
        Nein
        sie hat mir geschrieben
        noch bevor sie losgefahren ist
sie hat dir
eine Nachricht
geschickt

        es war nicht
        der Brautraub
        es war nicht der

           Brauch
es war die Braut

kein Unfall kein
Ungeheuer
kein Wal
Kassiopeia saß
am Steuer
im Wagen
           der in der Kurve
           die Gerade nahm

Was

was

was hat
sie dir
geschrieben
           »Kümmer
           du
           dich«

Was
           »Ich will das
           alles nicht
           kümmer du dich«
Sie will das alles nicht
Was alles
           mich nicht
           dich nicht
sich

nicht
        sich nicht

Sie hat sich
um sich gekümmert

Und du
du kümmerst dich
um mich

45
Alice
wie- der Gratzug

                                    Ja

aber
warum bist du hier
bei mir

                                  Ich wollt die
                                  beiden da oben
                                  nicht stören
                                  ich wollt nur hören wie
                                  es ihnen geht

Gut
Uroma steht
jeden Tag
in deinem Garten
in schwarzem
Hemd und weißem Rock

                                  Schi iisch das
                                  ich het sie fasch nid kennt

die Anpassung
der Arten

                                  als wäre sie
                                  von hier

auch Anna
passt sich an
Uroma an
schau mal
hier

                                  Hat sie
                                  Cholera gemacht
                                  für heut Nacht

| Tochter | Vater | Uroma | Anna | Alice |

nein nicht Cholera
Soljanka

                                                          So was

Rezept von Uroma
sie sitzen immer
auf der Bank
vor Uromas Haus

                                                          Uromas Haus

ich mein dein-

                                                          scho güet

sitzen spitzen
die Ohren
sehen spähen
durchs ganze Dorf
nichts geht verloren

                                                          wie Anna und ich

dein Platz ist frei

                                                                ich weiß
                                                                ich will sie
                                                                nur nicht stören
                                                                ich wollt nur hören
                                                                wie es ihnen geht
                                                                verzell mr na eppis
                                                                va ihne

Oma hat angefangen
zu schnitzen
beim Sitzen
das hat sie von Anna

                                                          Klar

und Anna
die malt manchmal

| Tochter | Vater | Uroma | Anna | Alice |

Mandalas
nachts
nach dem Nachtessen
das hat sie von Uroma

                                        Ach ja

die Anpassung der Arten

                                        die Anpassung der Alten.

46
Ich
ich hab
ich hab sie
getroffen
        Wen
Ma-
        Alice?
Mama
        Was
Katharina
ich hab sie gesprochen
        wo
Am Bahnhof
        Wann
Heut ist Totentag
der Gratzug steht noch da
        aber-
ich hab ihr ein Brötchen gemacht
ohne Gürkchen
        aber-
und ihr das Brötchen gebracht-
        aber sie ist to-
sie ist vor der Tür
        was
spricht mit ihr
        was soll ich-
sprich mit ihr
        Schick sie weg
was
        Sie soll weggehen
        weg

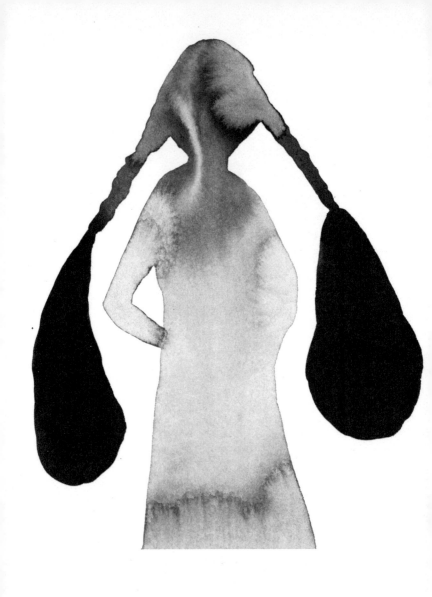

Tochter	Vater	Uroma	Anna	Alice	

47

                                     Sein Feld
                                     bestellt er
                                     nicht mehr

Er zieht allein
auf ei-
nem Schachbrett
Figuren umher

                Zum Aletsch-
                Gletscher
                geht er
                nicht mehr mit

macht nur
sechs Schritt
bis zum Kühlschrank

                                     Er spaltet
                                     kein Holz mehr

                        die Beige
                        bleibt leer

                                    das Feuer aus

und das Haus
kalt

48

        Schau ihr Baum
        er wächst
        kaum

                ihre Arve
                die Arme
                weil es zu warm
                ist
                weil die Larve
                vom schwarzen Arvenwickler
                die Nadeln
                frisst

                Kümmerwuchs
        bleibt klein
        weil sie sich
        um alles kümmert
        um alles kümmern muss

        Schau ihr Baum
        krümmt sich
                wie eine
                alte Frau

                Krummer Wuchs

        Kummerwuchs.

49

        Der Frühling
        kommt immer früher

Im Sommer der
Gletscher er
kühlt
nicht mehr
        die Lärchen werden
        schon im Sommer
        gelb
        denn es ist
        so trocken
Im Winter
kaum Schnee mehr
das Tal bleibt
kahl

und die Alten
        werden älter

Zeigt mir die
Stellen die
vor Eierschwämmen
überquellen

        Nein

Zeigt mir die
Sträucher
wo man sich die
Bäuche
vollschlagen kann

Tochter	Vater	Uroma	Anna	Alice

mit Heiti

                                               Nein

Heiper

                                               nein

Heidelbeeren

                         nein

Aber was
wenn ihr
nicht mehr hier
seid
wer bückt sich dann
wer pflückt sie dann
wer weiß wo lang

                         Niemand

Aber was
wenn ihr
nicht mehr hier seid-   Dann wirst du
                                                            auch nicht mehr hier
                                                            sein

                         hoffen wir

Was-

                                      du gehörst nicht hierher

Aber-

                        Schau dich um
                                  alles Alte

alles
Alte ...

                                Drum

Stör ich euch

                                   Nein du störst uns

                        nicht
                        aber
        du gehörst
        uns nicht

                        wir haben dich gern
                        hier
                        aber
                        werd nicht
                        wie wir

        du sollst raus aus
        diesem Tal
                        nicht erst
                        mit der letzten Fahrt
                        wenn der Gratzug
                        dich hat

50
Ich gehe

ich gehe

ich gehe
nicht mit ihr
nicht mit Ma-
nicht mit Ka-
nicht wegen ihr
aber sie findet auch, ich solle
          du hast mit ihr
          darüber gesprochen
ich will-
          du willst ihr gehorchen
ich will weg von hier

ich will weg

          von mir

51
Die Sonne geht auf
Tau
auf meinem Baum
Tau am Stamm
und auf den Ästen
es taut
der Boden
taut auf
auch tief drinnen
zwischen festen
Gesteinen taut es
Wasser
lutscht die Erde weg
spielt damit nimmt sie mit
spült sie fort
alles flutscht
tief drunter
der Boden rutscht
runter rutscht weg
drunter unter
seinem Haus
spielt damit nimmt es mit
sein Haus
beginnt zu rutschen
Bücher fallen
aus Regalen
Tassen fallen
auf ihn
Türen fallen auf
ihm
ihm fällt es auf

aufhalten
will er es nicht

das Haus

macht halt

hält
es hält
nur an einem Baum
nur ein Baum hält es fest
an einem Baum hält er fest
nur ein Baum hält ihn fest

ein Baum

mein Baum.

| Tochter | Vater | Uroma | Anna | Alice |

52

        Und die Häuser
        haben Augen
        schauen
                und die Häuser
                haben Beine
                laufen
        eins nach dem anderen
                Haus um Haus
        läuft los
        runter
                hinunter

herunter
zu uns
zu unserem Haus
zu ihm   zu ihm   zu ihm
umstellen
unser Haus

                nehmen es
                in die Mitte
        nehmen ihn
        auf
                halten ihn
                auf
        halten ihn

        Deine Arve
                deine Arme
        kann loslassen
                kannst loslassen

Tochter	Vater	Uroma	Anna	Alice	
		kannst los			
			los		
		bitte			
			los		

| Tochter | Vater | Uroma | Anna | Alice |

53

      Das Telefon klingelt

      das Telefon
   Hm
      es klingelt
   hm
   ja
      Gehst du nicht ran
   hm
      Stehst du nicht auf
   hm
      Gehst du nicht raus
   hm
   ja

      Heut geht ihr Zug
   hm
   wessen Zug
      Heute geht deine Tochter
   Was- wann
      Jetzt gleich
er springt
auf springt aus
dem Haus
      Was machen
      die ganzen
      Häuser hier
er kommt nicht draus
er kommt nicht raus
      und die Laternen

vor jedem Haus
leuchtet ein blaues Licht
        und die ganzen Leute
heute geht nicht nur mein Zug
auch der Gratzug steht im Bahnhof
        Was machen die hier
manche kennen sich aus
besuchen ihr altes Haus
andere besichtigen nur
den Dorfkern die Architektur
        Oma
        was macht sie da
        verkauft sie da
                Schnitzereien!
                Original Walliser Handwerk
                Drei zum Preis von Zweien!
er kommt nicht draus
kommt nicht raus
        Haben Sie eine junge
        Frau gesehen
er fragt sich durch
doch die Leute schauen
durch ihn durch
er weiß nicht wohin laufen
vor lauter Leuten
nicht draus nicht raus
oben dicht

er geht zu Boden

unten Licht

zwischen Bäumen nein Beinen

und zwischen Beinen
sieht er Gleise
        Der Bahnhof
er kriecht
unten drunter durch
voller Unruhe
bis er dann
am Bahnhof angelangt
meine Schuhe sichtet
        Da ist sie
mein Bein fassen will
doch
er kann es nicht fassen
sich aufrichtet
mein Gesicht
sieht
        nein
in ihr Gesicht stiert
und er kann es nicht fassen

        Katharina

54
Er kann es nicht
fassen

ihr Gesicht

er will es an-
fassen
doch er kann
es nicht

        Katharina

        Katharina

er kann es
nicht
                Zwei arme Seelen
                        stehen da
              sie kann nicht gehen
                      wegen dem da
              er kann nicht leben
              wegen ihr

er will nicht
er will sie nicht
los-   Du musst los
                  dein Zug

| Tochter | Vater | Uroma | Anna | Alice |

Ja
                       er fährt gleich los
mein Zug
steht auf Gleis eins
und der Gratzug
auf dem Abstellgleis
ich steige
ein
klopfe
von innen gegen
die Scheibe

beide

drehen sich um
sehen mich an
er hebt die Hand
er will mich aufhalten
zu mir gehen
sie hält ihn zurück
sie sagt etwas
sie sagt etwas
              Was
                    was
ich kann es
nicht verstehen
                    was
er lässt ab
er bleibt stehen

beide gehen
zum

| Tochter | Vater | Uroma | Anna | Alice | | 171 |

Gratzug

beide
steigen
ein
        Was
setzen sich
     Nein
gegenüber
am Fenster
        Aber-
gegenüber von
meinem Fenster
        Er will
     mit ihr
sie winken mir
     mit
zu
     im Gratzug
        ins Jensei-
     Nein!
der Schaffner pfeift

        Die Züge
        fahren ab

        der eine fährt
        hinab ins Tal
        hinaus aus dem Tal
Immer dem Fluss nach
        immer dem Fluss nach

                        Der andere fährt hinauf
                        über den Hang
                        über Käthis Feld
                        zum Grat hinauf
                        verschwindet dahinter
                        geht dahinter unter

Er steht noch da
                Was
er steht noch da
da
vorm Bahnhof
und schaut
dem Zug nach
                Welchem
                welchem Zug
ich
weiß es nicht
ich hab
den Feldstecher nicht.

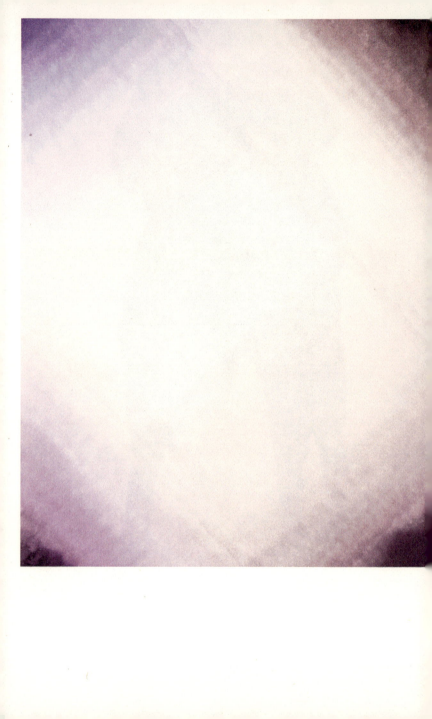

| Tochter | Vater | Uroma | Anna | Alice |

55

    Hm
    Alles ist wieder
    an seinem Platz
        Hm?
    Die Häuser
    sind wieder hoch
    gegangen
        Das Dorf
        ist wieder da
        wo es immer war

    sein Haus
    ist runtergebraust
        weggerutscht
        vom Tal verschluckt

    doch er
    war schon weg
    weggegangen
        Wohin
    nach Hause
        hm
        wo isch das
    hm

    Alles geht wieder
    seinen Gang
        Nei
        hie geit niggs mee
        z' Niederwald
    Hm?

      hier wächst nid
      wieder Wald
Aber drei Bäume
die wachsen hier
     Was
     wo
Nimm den Feldstecher
     han ich
Schau auf sein Feld
     sein Feld?
Das Feld von Keethe
      eine Lärche!
wächst da
     ja
's Lerchli vom Kethi
      nei das chasch
      nid so sage
Warum
      's Lerchli isch äs Vogelti
Ah eine Lärche
keine Lerche
      bi dier teent das alles
      gliich
isch ja gliich
     ja
     sigs wies well
hm?
      es isch wies isch
sag ich doch
     äbe

Schau runter zum Fluss

			isch das en	
	eine Eiche			
	ja			

                                                          die gehört eigentlich
                                                          gar nicht
                                                          hier hin

sag das ihm

                                                       hm?

Schau
wo sein Haus
war

                                                       die Arve

                                                       isch kei armi
                                                       mee

Ja
de Zirblkiifer vonn dr Kleenen
wächst widder scheen
                            Her üf
                            mini arme Oore

drei Bäume
stehen da

ein Dreieck

                                        die Lärche

                                        die Eiche

                                        die Arve

Tochter	Vater	Uroma	Anna	Alice	

und in dem Dreieck

da liegt

Niederwald

ENDE

BILDNACHWEISE

Andrea Heller ist Künstlerin von internationalem Format – und wohnt in einem Dorf bei Biel. Ihre Bilder springen mich an, auf den ersten Blick, und werden doch spannender, je mehr ich sie betrachte, ohne die ursprüngliche Freude oder die ursprüngliche Beunruhigung zu verlieren. Denn sie lösen beides aus: Bei manchen Bildern muss ich lachen, bei manchen wird mir schwer ums Herz. Bei manchen beides.

Auch ihre Techniken erzählen immer mindestens auf zwei Ebenen: Da sind die Zöpfe eines Mädchens pechschwarz, und man wundert sich, wie sie den Kopf noch halten kann; und im Körper verläuft sich das Schwarz. Und dann erzählt das Bild eben auch von schwarzer Farbe, die ins Weiß des Körpers diffundiert.

Wenn man all das in der Art über meinen Text sagen würde, wäre ich sehr froh. Umso froher bin ich deshalb, dass Andrea mir erlaubt hat, ihre Bilder in mein Buch aufzunehmen. Vielen Dank dafür. (Wolfram Höll)

Bedanken möchte ich mich bei Nina Peters, Rolf Hermann, Enrico Lübbe, Torsten Buß und Georg Mellert und ganz besonders bei Irene und Nina.

Wolfram Höll, 1986 in Leipzig geboren, ist Autor, Hörspielregisseur und lebt bei Biel. Bereits mit seinem ersten Stück, *Und dann*, stellte sich Höll der Theaterszene 2012 als Dramatiker mit eigenwilliger, poetischer Sprache und Sound vor. Drei seiner fünf bei Suhrkamp verlegten Stücke wurden zu den renommierten Mülheimer Theatertagen eingeladen, den Mülheimer Dramatikpreis erhielt der Autor bereits zwei Mal.

Andrea Heller wurde 1975 geboren. Nach dem Studium der Bildenden Künste in Hamburg und Zürich und einem mehrjährigen Aufenthalt in Paris lebt sie heute als freischaffende Künstlerin in der Schweiz. Ihre Monografie *Die Wurzeln sind die Bäume der Kartoffeln* ist in der Edition Patrick Frey (Zürich) erschienen. Andrea Heller wird von Frédérique Hutter Art Concept vertreten.